마음의 눈으로

마음의 눈으로

김준엽 시집

개미

| 발간사 |

장애인인권헌장 중에 "장애인은 장애를 이유로 정치 · 경제 · 사회 · 교육 및 문화 생활의 모든 영역에서 차별을 받지 아니한다"라고 하는데 '과연 그러한가'라고 묻는 발간사를 쓴다는 것이 먹먹합니다.

장애인문학창작활동 작품집 발간 지원이 문화체육관광부등록 비영리민간단체이자 대전광역시지정 전문예술단체 《장애인인식개선 오늘》이 민간 주도 사업으로서 전국의 시원이 되어가고 있습니다.

또한 다원예술을 통하여 작곡되어 시극, 가곡, 가요, 무용, 오케스트라, 앙상블, 국악에 이르기까지 접목하여 콘텐츠로 지적재산을 확보하고, 이어서 '7030 대전 방문의 해'인 2019년에는 축제까지 확산 가능한 준비된 전문예술단체로 성장하였습니다.

특히 〈2018년 장애인문화예술 '대전 다다(dada)' 프로젝트A〉란 이름으로 구현한 "함께 나누는 세상을 위하여"—홀로 선 장애인문화예술— 한국조폐공사 공연은 지역사회 공헌을 공기업과 함께 성공리에 마치고 금번 창작집 발간까지 민 · 관 협치의 사례로 귀중한 경험을 축적하였다는 생각입니다.

앞으로 잊혀진 인문학 자원의 발굴과 재현 그리고 장애인 문학의 새로운 역할과 기능을 통하여 장애인들의 인간다운 삶의 문화예술 향유가 적극적인 인권적 권리로 정착될 수 있도록 노력하겠습니다.

좋은 작가들을 선정해 주신 심사위원들과 숨은 노력으로 고생하신 단체의 임직원 여러분 수고하셨습니다. 그리고 선정된 작가들에게도 진심으로 축하드립니다. 뿐만 아니라 대전광역시, 대전광역시 의회, (재)대전문화재단의 노고에 진심으로 경의를 표합니다.

우리 단체는 앞으로 더욱 분발하여 장애인권리선언의 정신에 따라 장애인의 인권보호 그리고 완전한 사회참여와 평등을 이루어나가며 자치분권의 장애인과 비장애인이 더불어 살아가는 사회를 만들기 위한 여건과 환경 조성에 장애인 인문철학이 바탕이 되도록 노력하겠습니다.

2018년 12월
전문예술단체 《장애인인식개선 오늘》
대표 박재홍

❘시인의 말❘

올 한해는 정말이지 호사다마의 시간을 보낸 것 같습니다. 보치아 국가 대표로 출전해 아시안게임 메달을 획득했고, 그동안의 시인으로서의 삶에 대한민국장애인문화예술대상 문학부문 대상(문화체육관광부 장관 표창)을 받았습니다.

한동안 표절을 당하여 고생한 저의 시 「내 인생에 황혼이 들면」이라는 시에 이런 내용이 있습니다. "—중략— 내 인생의 가을이 오면 나는 나에게 어떤 열매를 맺었냐고 물을 것입니다. 그때 나는 나에게 사랑스럽게 대답하기 위해 내 마음 밭에 좋은 생각의 씨를 뿌려놓아 좋은 말과 행동의 열매를 부지런히 키워야 하겠습니다" 라고 고백한 적이 있습니다.

저는 운동을 하면서도 그렇고 문학을 하면서도 길거나 짧은 인생에 생각의 씨를 뿌려 말과 행동의 열매를 잘 일

구어야 한다고 생각합니다. 금번 시집도 그런 생각의 연장선상에 놓였다고 보겠습니다.

어두운 터널을 지나가는 동안 함께 동행하여 준 모든 분들게 감사드립니다.

2018년 12월

김준엽

마음의 눈으로
차례

발간사 005
시인의 말 008

1부
어디선가 너를 기억한다 016
영원히 변하지 않을 사랑 018
저 이슬이 된다면 020
다면(多眠) 022
사랑의 강물은 댐을 넘쳐 024
99번 버스 026
무서운 꿈 028
접근할 수 없는 그대 030
가을을 주워서 032
아픈 추억 034
수정보다 맑은 당신 035
마음의 눈으로 037
영혼의 바람 039
내 마음속에 담은 사랑 041

못다 쓴 사랑의 편지 044
신호음 소리 046
내가 죽거든 048
하늘 천상도 부러워하는 사랑 050
나의 송이여 052
풍금 소리 053

2부

풀피리 056
피지 못하는 인생의 비애 058
사랑의 불꽃 060
한 사람을 만났습니다 061
죽음의 굴뚝 063
당신의 입김 065
사랑의 두려움 067
솔밭에 씨앗을 심어서 무엇하리 068
밀짚모자 날아갈세라 070
따스한 바람이 되어 072
가요방 074

마지막 잎새 076
나의 솔이여! 078
천 원짜리 지폐 080
물안개 082
억새풀 084
곶감 086
해금 소리 088
삶의 공포 090
아파트 092

3부

오늘도 나는 가노라! 096
누가 저곳에서 098
누가 저들을 100
향기에 취하여 102
끊어질 것 같으면서도 104
이슬이 떨어지듯 106
삶의 비극 108
나의 송아! 109

계절의 사이에 님 111
빈손 113
밤새워 떨어진 사랑의 낙엽 115
오월의 서릿발 117
도시의 일곱 색 무지개 119
가을 하늘을 마음껏 121
양농님 마음이 하늘로 123
빨간 단풍잎 125
어머니의 신음소리 126
논두렁 127
어머니의 속옷 129
기둥이 님 찾네 130
황금꽃 132

해설

'천지자연에 법칙 상생과 상극' 인 天道는
장애인 김준엽 시의 비극적 발원이다
박재홍 시인 · 《문학마당》 발행인 133

1부

어디선가 너를 기억한다

거센 세상이
너의 삶을 외면하여
슬픈 삶의 늪에 빠져
그때에도 어디선가
너를 위해 손을 내미는
손이 있음을 생각하라

죽도록 외로운 날에
소리쳐서 사람을 불러도
아무도 아니 와도
어디선가 누군가가
너의 이름을 불러 주는
사람이 있다는 것을 생각하라

슬픔이 너의 눈에
폭포가 되어 강이 흘러도
강둑에는 아름다운 꽃이 피어나
세상을 꾸민다고 생각하라

너의 감정에 사로잡혀
몸과 마음에 상처를 치료해줄 수 없어도
너의 감정을 감춰
상처를 입히지 않도록 하라

영원히 변하지 않을 사랑

가을 하늘이 아무리 높아도
당신을 향한 내 마음보다 높지 않네.

아름답고 붉게 불타던
노을이 태양이 지면 져버려도
당신을 향해 아름답고 붉게 불타는
내 사랑은 태양이 져도 지지 않으리라.

향기로운 향수를 뿌리면
금방 향기가 나지만
그것은 얼마 가지 않는다.

당신을 향한 내 사랑
뿌리면 금방 나지 아니 하지만
시간이 흐를수록 더 진해 지고
내 사랑 영원히 변하지 않네.

백옥 같은 꽃이 피어도

세월의 흐름에 때가 묻고
희고 흰 꽃피어 흙탕물에 떨어진다.

백옥 같은 내 마음의 꽃봉오리
세월이 흐를수록 꽃이 활짝 피어
때 묻지 않고 영원히 떨어지지 않고 살아가리라.

저 이슬이 된다면

세상이 모두 꿈꾸는 새벽에
소리 없이 내려앉아
새벽 알리는 은빛 비늘 터는
짧은 이슬로 살 수 있다면
난 행복에 겨워서 눈물 흘리리라

검디검은 하늘에서 내려와
生命의 푸른 목소리로 숨쉬는
저 넓은 풀밭 위에 머무를 수 있다면
난 흥에 겨워 세상이
감동할 노래를 부르리라

빛이 없는 땅에
이슬은 촉촉이 깔려 빛을 기다리다
그 이슬은 빛의 속으로 가면서
내일 새벽 올 희망을 말한다

빛에 매끄러운 입맞춤하면서

사라져가는 이슬이 될 수 있다면
난 기뻐하는 마음으로 춤을 추리라

다면(多眠)

자유로이 들판을 뛰어 놀던
나에게 동장군이 찾아와
자유를 빼앗아 버리고
저 토굴 속으로 들어가라 하네

안 들어가려고 발버둥 쳐보지만
동장군의 거센 힘에 못 이겨
토굴 속으로 들어가고
토굴의 빗장은 굳게 잠기네

빛도 한 점도 안 들어오는 곳에서
죽은 것도 아니고
살아 있는 것도 아닌 채
님이 와서 동장군 몰아내고
굳게 잠긴 토굴의 빗장을
열 때까지 기다리리라

님이 언제 찾아

오실지 모르지만
두 손 모아 기도하면서
님을 기다리리라

사랑의 강물은 댐을 넘쳐

저 태양보다도
붉게 타오르는 당신을 향한
나의 가슴의 태양을 끄려고
소화전으로 아무리 하여도
나의 가슴의 태양은 꺼지지 아니 하고
더욱더 당신을 향하여
타올라 내 몸을 다 태워버린네

저 강물보다도 힘차게 흐르는 당신을 향한
나의 마음의 강물을 막으려고
댐을 높게 높게 쌓아도
나의 가슴의 강물은
댐을 넘쳐 더욱더 힘차게
당신을 향하여 흘러
나의 정신을 잊어버리네

저 한줄기 소나기구름보다도
나의 가슴에 덮어 오는 당신의 그리운 구름

오지 못하게 아무리 애를 써도 그리운 구름은
더욱더 두텁게 나의 가슴을 덮어 장대비를 내려서
나의 그리움은 빗물에 잠기네

저 향기로운 꽃향기보다도
향기로운 당신의 향기를
내가 맞지 못하게
아무리 막아도 그 향기를
맡아 나의 혼은 당신에게 향하네

99번 버스

하루의 일에
지쳐버린 육신을
싣고서 달리기 시작한
99번 버스의 유리창에
온몸을 기대어
밖을 쳐다보면
가로수들이 손을 흔들어
석양과 함께 사라져가는
작은 나를 축복해주네

오늘의 내가 멀어져
사라져도 내일도
어김없이 난 또 99번 버스를
타고서 너의 축복받으며
석양과 함께 멀어져 사라지겠지

계절이 변해 낙엽이
떨어져서 넌 알몸이 되어도

난 변함없이 99번 버스를 타겠지

눈물이 나는구나
넌 계절에 따라 변하는데
난 변함없이
99번 버스를 타고 너의
축복을 받으면서
멀리 사라져가야 하네

무서운 꿈

당신을 기다리다 지쳐
곰 인형을 안고서 잠이 들었고
무서운 꿈에서 떨고 있던
나를 당신이 언제 왔는지
몸을 흔들어 깨웠지요

난 당신을 보자 기쁜 마음에
내 힘을 다하여 안았고
안도의 심정으로
당신 품에서 어리광을 피웠지요

그 무서운 꿈 잊으려고
난 정신없이 떠들었고
당신은 내가 장난친다고 생각하고
당신도 장난을 막 쳤지요

지금 난 꿈이 아닌 현실에서 무서워
떨고 있는데 당신은

영원히 못 올 사람이 되고 말았고
난 무서움에서 헤어날 수 없네요

그 꿈이 현실로
일어나서 당신이
영원히 못 올 사람이
되고 말다니?

접근할 수 없는 그대

그대가 너무 밝아서
나의 별이 보이지 않아서
그대가 빛을 잃을 깊은 밤을 기다렸고
차디찬 밤의 바람을 기다렸건만
하늘은 어두움 깊은 속이지만
나의 별은 역시 보이지 않습니다.
내 마음속에 있어도
나는 그대를 찾을 수 없고
외로움만 밤하늘을 밝히네.

밤하늘을 바라보면서
사랑하는 사람을 생각한다는 것은
무척이나 낭만적인 일인 듯 싶지만,
지금 나에겐 그리움을 달래줄 유일한
하나의 길일 뿐입니다.

저 멀리서 희미하게 빛나는
산속의 초록 불빛은

어쩌면 그대가 있는 곳인지 모르지만
너무 멀고도 가시밭길이라고 느껴지기에
찬바람이 내 가슴에 불어올 뿐입니다.

화려하고 커다란 네온사인 안에도
어쩌면 그대가 있는지 모르지만,
너무 뜨겁고 빛이 나서
내가 접근할 수 없다는 것을 알기에
슬픈 마음으로 노래만 부를 뿐입니다.

가을을 주워서

곱게 가을이 물든
단풍잎을 주워서
빨간 색연필로 당신에게
편지를 쓰겠습니다.

노란 가을을 주워서
그 위에 내 사랑을
찍어서 당신에게
띄우겠습니다.

빨갛게 물든
내 사랑 주워서
냇물에 띄워 당신에게
보내겠습니다.

높고 높은 하늘
낙엽 한 조각에
내 마음 실어 당신에게

보내겠습니다.

아픈 추억

수많은 날을 아파온 고독들이
오늘 이 자리에
모여들어 목놓아 울음을 운다.

가슴을 칼질하는
차디찬 바닷바람은 끝없는 일렁임으로
내 가슴에 와 닿고
언제였던가 가슴속 깊이 파묻어 둔
아픈 추억의 조각들을 캐낸다.

멀리 수평선 너머로
가는 썰물에
캐낸 추억을 띄워 보내고 빈 껍데기만,
남은 나 자신을 느끼며
멀리 사라져가는
고독에 나 목놓아 울음 운다.

수정보다 맑은 당신

오로라가 떠올라
어두운 밤하늘을
아름다운 빛으로 밝히고
그 빛은 춤을 추어
어둠 속에서 고통받고 있는 이에게
아름다운 빛을 비추어 주네.

수정보다 맑은 당신의 마음시가
세상에 때가 묻어
나의 마음을 맑게 해주고
나의 마음은
세상에 때가 묻어 흐린
세상의 사람들 마음을 변하게 하네.

나룻배를 푸른 바다 위에 띄우고
낚시질을 해서 꿈을 낚는다.
작은 꿈 큰 꿈 낚는다.
나룻배에 만선 깃발을 달고

부두로 다가 서면
풍악 소리가 울려 퍼지고
사람들은 얼굴에 웃음 가득히
즐거운 춤을 추네.

마음의 눈으로

어두운 달의 신이
맑고 맑은
나의 눈을 시샘하여
나의 눈을 빼앗아 가
세상을 못 보게 하여도
세상을 보려는
나의 의지로 마음의
눈 떠 찬란한 세상을 보니
눈으로 볼 수가 없는
것들도 볼 수가 있네.

그대를 향한 사랑을
시샘하는 신이
그대의 아름다운 자태를 볼 수 없게
나의 눈을 빼앗아 가도
그대 향한 진실한 사랑으로
사랑의 눈을 떠 아름다운
그대를 바라보니

눈으로 볼 수 없는
그대의 아름다운 마음을 볼 수가 있네.

어둠의 달 신이여 어둠의 달 신이여
나의 맑고 맑은 눈을
시샘해 주셔서 감사합니다.

당신의 시샘이 아니었더라면
눈으로 볼 수 없는
것을 못 보았을 것입니다.

사랑을 시샘하는 신이여
사랑을 시샘하는 신이여
나의 그대를 향한 사랑을
시샘해 주셔서 감사합니다.

당신의 시샘이 아니었더라면
눈으로 볼 수 없는
그대의 아름다운 마음을
못 보았을 것입니다.

영혼의 바람

외로움이라는 몇 자의 글 속에
갇혀 영혼까지 외로워 울부짖는
나를 끄집어낼 글자는 있을까요.

그것은 영혼의 바람인데, 그 바람은
저 영혼의 폭포의 눈물이 되어
바다를 향해 오늘도 흐르겠지

방황이라는
벼랑 끝에 서서
한 발자국도 못 내딛고
무서움이 돌로 변해가네

방황 끝에서
나를 구원해줄 손길은
언제 내미는지요

그것은 세상의 바람인데, 그 바람은

저 세상을 떠도는 나그네 되어
오늘도 떠돌겠지

내 마음속에 담은 사랑

그대를 잊으려고 애를 써도
잊어버리지 못하고
더욱더 그대 얼굴이 생각나니
이제 그대를 잊으려고
애를 쓰지 않을 것입니다.

언젠가는 내 마음속의 사랑을
그대에게 고백할 수 있는
그날이 오면 내 아픈 가슴을
씻을 수 있을 것입니다.

그대가 고백을 안 받아 주고
떠나갔어도 나 그대를 원망하지
아니하고 그대 떠난 뒤 바라보면서
그대에게 말하리라 행복하라고 말입니다.

그대가 떠난 길을 내가 지날 적마다
그대의 이름을 불러봅니다.

혹시나 오시지는 아니 하였는가?
싶은 마음에 불러봅니다.

그대를 닮은 누군가가 내 곁을 지나갈 때마다
흠칫하곤 놀라 막아서서 자세히 물어봅니다.

혹시나 나를 찾아와 내 얼굴 잊어서
못 찾는가 싶어서 물어봅니다.

희고 흰 도화지에
그대 얼굴 잊을까 봐
고이고이 그립니다.

잊을 수 없을 것만 같던 그대가
시간이 흘러감에
내 마음에서 점점 기억들이 약해지고
희미해지는 것이 너무나 안타깝습니다.

그대여. 지금
뭉게구름 바라보고 있겠지요.

저 서산에 해 지면
붉게 노을 꽃이 피어나는

저녁의 풍경도 바라보고 있겠지요.

같이 별을 바라보면서 노래하던
저 하늘의 별을 바라보며
날 생각하고 있나요?

못다 쓴 사랑의 편지

오늘 또다시 부치지도
못할 편지를 하루에도
몇 번씩 씁니다.

이제 사랑한다는
말을 써놓고도
저는 잘 알지 못합니다.

당신께 써주고픈
말이 많지만
막상 쓸려고 하니
가슴 떨려 한 줄도 못 쓰고
그 말만 되풀이합니다.

오직 단 한 사람만을 위한 선택
그것이 사랑이라 말들을 하기에
그래서 당신을 선택한 가슴인데
왜 이리 찬바람만 밀려

오는지 모르겠습니다.

얼마나 더 살아야
얼마나 더 그리워해야
당신을 만날 수 있는지
그리움에서 해방되는지요.

그러나 그날이
내겐 오지 않을 것 같습니다.

신호음 소리

그대의 전화 기다려도 오지 않고
난 그대 목소리 듣고 싶어
더 이상 견디기 힘들어서
오늘 난 그대에게 수화기를 들어
한 버튼씩 누를 때마다
나의 손이 점점 떨려왔습니다.

그대 목소리 더 가까이 듣고 싶어
수화기를 귀에 바짝 대고
전화기 신호음이 떨어지고
누군가가 받는 그 짧은 시간이지만,
나에게는 무척이나 길고도
초조하게만 느껴졌고
드디어 신호음이 끝나고
수화기선 내 귀에 익었던
목소리가 들려왔습니다.
그 목소리는 그대였습니다.

그대의 목소리는 변함없이
맑고 밝은 목소리를 느낄 수 있어서
안도감보다 그리움만 더해갑니다.

내 마음속 깊은 곳에서 뛰쳐나오려는
한마디 한마디들은 참기 힘들었지만
그대가 듣기 싫은 말이기에
한마디도 못하고 말았습니다.

지금 난 후회하고 있지만.

내가 죽거든

친구야 친구야
나의 친구야
사랑하는 이가
내가 왜 아무 말 없이
떠나가냐고
물어보거든
사랑하는 이가 싫어져서
떠나간다고 말해줘.

그러면 사랑하는 이가
나를 미워하고
미워하게 되면
나를 빨리 잊으리라.

친구야 친구야
나의 친구야
내가 죽거든 사랑하는 이가
자주 다니고 있는 길목에

내 몸을 태운 재를 뿌려줘.

그리하여 가끔씩 사랑하는 이를
볼 수가 있어 내 그리움이
한이 안 되게.

친구야 친구야
나의 친구야
내가 죽거든 사랑하는 이에게
내가 죽었다고 하지 말고
머나먼 외국에서
잘 지내고 있다고 말해줘.

그러면 사랑하는 이가
슬퍼하지 않으니
난 평안한 마음으로
밤하늘에 별이 되리라.

하늘 천상도 부러워하는 사랑

한 마리 외로운 새가
머나먼 길을 떠나려고
비상한다.

하늘은 검디검은 구름에 한 치 앞도
안 보이고 외로운 새는 힘을 잃고
땅으로 떨어지네.

어디선가 황금색 새 한 마리가
나타나 떨어지는 새의 손을 잡아
검디검은 구름으로 뒤덮인 하늘로 비상한다.

힘을 잃은 새는 힘을 다시 찾아
검디검은 구름 헤치고
머나먼 길을 힘차게 날아간다.

두 마리 새는 하늘의 천상도
부러워 시샘할 정도로

정답게 나란히 머나먼 길을 가네.

나의 송이여

송이여!
검은빛으로 변해가는
나의 마음에
너의 푸른빛이
나의 앞날을 푸르른 빛으로
물들이는구나.

수직으로 곱게 뻗은
너의 모습 볼 때
나의 꼬부라진 인생
피어지는구나.

진실한 마음으로
나에게 사랑을 주니
방황하는 나에게 희망의
꽃이 피어나는구나.

풍금 소리

사막으로 변해가는
가슴의 뜨락에 풍금 소리
울려 퍼지면 가슴은
푸르른 푸르른 가슴 뜨락 되어
가슴 뜨락에는 꽃사슴 뛰어 노네.

거세게 파도치는 물결에
풍금 소리 울려 퍼지면
거세게 파동치는 물결은
잔잔한 호수의 물결이 되어
호수의 물결에 은어들이 춤을 추네.

검은 구름 끼어
한 치 앞도 안 보이는
산천에 풍금 소리
울려 퍼지면 산천에 검은 구름은
어디론가 사라지고
멀리 산천에 피어 있는

꽃에 벌들이 찾아가네.

2부

풀피리

밤의 고요함에 이끌려서
뜰에 나와 밤하늘을 바라보니
달빛이 어둠을 가로질러 흘러내려 와
용암처럼 굳어버린 내 가슴을 적시네.

그 빛에 젖은 내 가슴이 봄눈 녹듯 녹아
개울물이 되어 흐르고 그 개울물에
들녘을 뛰어놀던 양떼들이 목을 축이니
내 기분은 나는 새가 되네.

풀잎이 부르는 소리에
들녘에 나가 풀밭에 앉으니
어디선가 들려오는 풀피리 소리에
혼란했던 정신이 사라지고
내 정신에 백설 같은
목련꽃 한 송이가 피어나네.

그 꽃은 누가 찾아오지

아니하여도 외롭지 않을 겁니다.
저 풀피리가
항상 소리를 들려주니
외롭지 않을 겁니다.

피지 못하는 인생의 비애

피울 수 없는
인생을 꽃봉오리인줄 알면서도
미련을 버리지 못하고
새벽이슬 받아서 뿌려주었건만,
피울 기색도 아니 하네.

거름 질 안 하여
못 피는가 싶어 험한 산에 올라가
통통히 살찐 잡초 한 짐 져가지고 와서
100일 동안 띠우고 100일 동안 말려
그 꽃봉오리에 거름 질 다하였건만,
피울 기색도 아니 하네.

나비 벌이 없어 못 피는가 싶어서
머나먼 여행에 나비 벌 잡아 와서
그 옆에 두었건만 피울 기색도 아니 하네.

끝내 나를 저버리고

흙바닥에 힘없이
떨어져서 나뒹구네.

사랑의 불꽃

끄려고 하여도 꺼지지 않는 가슴의 불꽃을
끄려고 밤마다 차디찬 폭포에 몸을 던져 보지만,
불꽃은 꺼지지 않고
더욱더 불꽃은 타올라 몸을 태운다.

참을 수 없는 고통을
참으려고 어금니를 깨물어 보지만
그 고통을 참을 수 없어서
신음 소리 입 밖으로 세어 나온다.

죽음으로 그 불꽃 꺼집니까?
죽음으로 그 고통에서 해방됩니까?

신이시여, 신이시여,
당신의 힘으로 왜 안 되오니까?

한 사람을 만났습니다

오늘 우연히
한 사람을 만났습니다.
그 사람은 못난 얼굴이고
볼품없는 몸이었습니다.

그러나 그 사람이
나의 눈에는
그 무엇이 보이기에
나보다 커 보일까요?

오늘 우연히
한 사람을 만났습니다.

그 사람은 말을 못하고
눈조차 보이지 않습니다.

그러나 그 사람이
나의 느낌에는

그 무엇이 있기에 나보다
세상을 아름답게 살아간다는
느낌이 들까요?

죽음의 굴뚝

혼자라는 느낌이 들 때
도시의 죽음 연기가 스며드는 외로움
그 외로움이 나의 모든 것을
빼앗아 버리고
내 꿈은 도시의 망각 속으로
사라져 버렸습니다.

검은 도시의 연기로
하늘은 햇빛을 찾아볼 수 없고
그 아래서 죽어 가는
영혼은 햇빛을 타는 듯이 갈망을 하는데
하늘로 치솟아 있는
굴뚝은 연속해서 죽음의 연기를 하늘로 뿜어 되네.

도시의 좌절이 망각의 세계로
빠져들어 가는
몸을 빼내려 하여도
빼낼 수 없고

더 깊이 빠져들어 가네.

당신의 입김

이슬이 떨어지는 소리에
밤하늘을 수놓던 별들은 지고
맑은 마음에 스며들어
활개치던 외로움은
당신이 이슬을 떨어뜨려 주어서
그 외로움은 쫓겨나 버렸습니다.

새벽을 알리는 빛에 밤하늘을 공포로 몰아넣었던,
박쥐들은 사라지고 희망으로 가득 찬
앞날에 좌절이라는 것이 완강히 막아설 때
당신이 찬란한 희망의 빛을 쬐어주어서
막고 있던 벽을 차버리고
희망 찬 앞날을 향하여 나아갑니다.

잔잔했던 푸르른 바다가 한줄기 바람이 일더니
바다는 소용돌이에 휩싸이고
높은 파도는 한 조각배를 삼키려고 덤빈다.

어디선가 따스한 입김이 불어오면
바다는 이내 잔잔해지고
높은 파도는 바다에 숨어버린다.

소용돌이치던 가슴에
그 입김 불어오니
잔잔한 작은 바다 되네.

사랑의 두려움

나의 얼굴에 웃음 지어도
내 마음속에는 두려움이 있습니다.

그대를 못 만난다는
두려움으로 가슴 떨고 있습니다.

내 생명보다도
영혼보다도
난 그대를 사랑하지만
나 두렵습니다.
나를 안 만나준다는 말할까 봐

만남은 이별의 시작이고
이별은 또 다른 만남의
시작이라고 하지만
나 그대와 영원토록
살아가고 싶습니다.

솔밭에 씨앗을 심어서 무엇하리

저 거목에 거름을
주어서 무엇하리.

저 거목에는 새싹 한 잎
돋지 아니하는데 거름을
주어서 무엇하리.

저 꽃봉오리에 정성을
다하여 보살펴
주어서 무엇하리.

저 꽃봉오리는 정성을
다하여 보살펴주어도
꽃을 못 피운 채 땅에
떨어지니 무엇하리.

저 솔밭에 씨앗을
심어서 무엇하리.

저 솔밭에 시앗을 심어도

나지 아니하는데 심어서 무엇하리.

저 새에게 먹을 것을
주어서 무엇하리.

저 새에게 먹을 것을 주어도
노래 한마디 아니하는데 먹을 것을 주어서 무엇하리

밀짚모자 날아갈세라

황금색 옷을 입고 춤을 추던
님은 어디로 갔는지
모습 찾아볼 길 없고
들녘에 나 홀로 쓸쓸히 서 있다.

어머니의 입김 같은 바람은 어디로 가서 부는지
모습 찾아볼 길 없고 찬바람에 썩어 빠진
나의 밀짚모자가 날아갈세라
두 손으로 꼭 잡고 찬바람을 온몸으로 막는다.

그동안 밤에 내 마음 달래주고
친구하여 주던 하늘에 별들도
구름에 가려서 그 모습
찾아볼 길 없고 찬비만 온다.

찬비에 젖어 나의 몸은
싸늘히 식어 가고
나의 몸은 무거움에 못 이겨

논바닥에 쓰러진다.

따스한 바람이 되어

검은 구름이 되어
달콤한 비를 내려드리니
당신은 하나의 씨앗이 되어
싹을 틔우소서.

썩은 거름이 되어
들판에 뿌려드리니
당신은 어여쁜 꽃봉오리를
맺어주소서

따스한 바람이 되어
당신에게 불어드리니
당신은 들이마시고
아름다운 꽃을 피우소서.

들판에 불침번이 되어
당신의 지켜드리니
웃음을 잊지 마시고

언제나 웃음 지어주소서.

가요방

맥주 한 모금 마시고
마이크를 두 손으로 움켜쥐고
흘러나오는 음에 따라
나의 한 토해 낸다.

구슬픈 음에 나의 뺨 위로
뜨거운 눈물 흘러내리고
그동안 참아왔던
울분이 나의 입으로 튀어나온다.

즐거운 음에 몸은
그동안 억눌려왔던
삶의 짐을 벗어던지고
자유로이 춤을 춘다.

빨간빛이 흐르는
등불 아래에서 나의 청춘의
초에 불을 붙이고

나의 청춘의 초를 마음껏 태운다.

마지막 잎새

서리 내려 다 떨어진
앙상한 나뭇가지에
잎새 한 잎이 처절한
모습으로 달려 있다.

님에게 떨어지기 싫어
온 힘을 다하여 매달리고
또 매달렸다.

먹구름이 올세라
잎새는 애처로운 눈빛으로
하늘을 쳐다보고
찬바람이 불어올세라
잎새는 애처로운 눈빛으로
산 너머를 보고 있다.

드디어 하늘에 먹구름이
몰려와 세찬 비바람에

잎새는 고통스러운
외침을 남긴 채 님에게서
떨어져 허공에서 마지막
춤을 추다가 힘없이 떨어진다.

나의 솔이여!

솔이여!
사랑하는 나의 솔이여!
너는 내게 있어서 인생의
길을 인도하는 안내자였다.

네가 있었기에 나의 눈은
빛났고 나의 가슴은 희망으로
가득 차게 되었다.

슬플 때에 내가 너에게 찾아가면
너는 항상 따뜻한 말 한마디로
나에게 새로운 힘을 주었고
기쁠 때에 내가 너에게 찾아가면
함께 기뻐해 주어서
나를 더 기쁘게 주었지,

따스한 너의 손을 잡으면
나는 무한한 용기를 얻게 되고

내 가슴은
저 뭉게구름처럼 떠간다.

나에게 사랑을 일깨워준 솔이여!
매서운 폭풍우 속에서도
우리의 사랑이 영원히
변함없기를 신께 기도드리세나.

만약, 나에게서 사랑을 빼앗아간다면
나는 어둠 속에서 방황하게 될 것이다
솔이여!
나의 영원한 솔이여!

천 원짜리 지폐

며칠 동안 곡간에 쌓여 있어서
내 가슴을 풍요롭게 해 주던
땀의 결실을 제값도 못
받은 채 팔려 간다.

땀의 결실을 팔고 뒤돌아서니
내 가슴속에서 뭔가가
솟아오르는 것 같아서
나는 마루에 걸터앉아
쓰디쓴 소주를 마시면서
노래 한 곡 뽑는다.

몇 푼 되지도 않는
땀의 결실의 값으로
그동안 빌려 두었던 비료값,
약값, 갈래 값을 주고 나니
내 손에 천 원짜리 지폐
한 장만이 남았다.

곡간엔 찬바람만이
불어 대고 내 가슴속에선
다시 뭔가가 솟아올라 온다.

물안개

동이 떠오르면
강에 물안개가 피어오른다.
강은 무엇을 감추려고
동이 떠오르면
물안개를 피우는가?

이른 아침 강 너머
누가 왔기에
그 모습 감추려고
강은 물안개를 피우는가?

궁금한 마음에
뗏목을 강물에 띄우고
가려고 하였으나
강이 용납하지 않아서
누가 있는지 모른 채
뗏목을 끌어올린다.

동이 강렬하게 비치면
물안개가 엷어지며
희미하게 아름다운 꽃 한 송이가
보이고 이내 그 모습은 사라져 버린다.

억새풀

안녕이라는 말 한마디 없이
떠나가는 님에게
넌 아픈 가슴 감추며
흰 손을 흔들어 주었지,

너는 외로우면서도 외롭다는
내색조차 아니하고
언제나 그 자리에 서서
혼자만의 춤을 추고
혼자만 웃음 지으면서
그렇게 지냈지,

겨울 찬바람 불어 와도
너는 굽히지 아니하고
꿋꿋이 서서 그 바람에
대항해서 이겼지

서리 내려도

끈질긴 생명력으로
그 밤새우고 찬란한 아침 햇살
받으면 기지개를 하며
해맑은 미소를 짓고서
하루를 시작하였지

오늘도 너는 아픈
가슴 감추며 손을 흔들고
혼자만의 춤을 추겠지.

곶감

날카로운 칼로 나의
옷 벗기고 광주리에 담아
기와지붕에 얹어놓는다.

살이 타들어 가는 따가운
햇살 받고
서리 맞은 내 피부는
죽음의 색으로 변한다.

나의 몸이 죽음의 색으로
다 변하면 지붕에서
끄집어 내려와 나의 몸에
흰 옷 입히고 끈으로 똘똘 묶어서
곰팡이 냄새가 자욱하고
어둡고 어두운 벽장 속에 갇힌다.

섣달 길고 긴 밤에
외로움을 달래려고

벽장문을 열고
나를 끄집어 내어
너의 입에서
내 생을 끝마친다.

간식거리밖에 되지 못한
나지만 나는 행복하게
생을 끝마치리라.

해금 소리

애절한 너의 소리에
내 가슴 놓아
흔적조차 찾을 길 없다.

두 줄이라서 그토록
애절한 소리를 내고
가여운 소리를 내는가?

외로워서 그토록
간절한 소리를 하고
가여운 소리를 내어
님의 간절하고
애절하게 불러 대는가?

너의 소리에
온 산천이 사랑을
느끼고 찬바람조차
너의 소리에 힘을 잃고

어디론가 간다.

너의 소리에
신도 눈물 흘리고
그 눈물이 한줄기 소나기가
되어 대지를 적신다.

삶의 공포

우리들은 어디서나
공포를 느끼면서
살아가고 어디를 가든
마음 한 구석에는
공포를 느낀다.

길을 걸으면서
공포를 느끼고
사람들과 이야기를 하여도
공포를 느낀다.

나 자신부터
공포의 대상이고
내가 나를 생각할 때도
공포를 느끼는데
다른 사람이 나를 바라볼 때는
어떻겠는지 온몸에
소름이 돋는다.

세상은 공포가 지배하고
우리들은 공포를 밟고
때로는 먹으면서 때로는
입에서 뱉으면서
삶을 살아간다.

아파트

낙조의 빛을 받으며
아무도 없는 언덕에 앉아
쓸쓸하게 어두움 맞이한다.

아무도 오지 않는
언덕에 앉아 있으면
외로움에 눈물 흘리는 삶을 본다.

그렇지만 외로움이
외로움 될 수 없고
눈물이 눈물 될 수 없다.

나에게 보이는 것은
오직 어둠 속에서 걸어오는
죽음의 그림자뿐이다.

소음 같은 발짝 소리에
온몸은 땀으로 목욕하고

숨소리조차 못 낸다.

그림자가 손잡아
끌어대면 반항도
못한 채 끌려간다.

3부

오늘도 나는 가노라!

오늘도 나는 가노라!
산 넘고 개울물 건너
사랑 전하고
슬픔을 전하려
오늘도 나는 가노라!

비 오는 날에도
나는 가노라
가방에 들어 있는
사랑이 젖을세라
내 가슴에 꼭 품고
비를 맞으며
오늘도 나는 가노라!

슬픈 소식 전해주고
뒤돌아 서면 내일은 다시
오지 않으리라고 맹세하지만
기쁜 소식 전해주고

나면 그 맹세
물거품처럼 사라진다.

오늘도 사랑의 소식을
기다리는 이를 위하여
천릿길을 마다하지 않고 가리라
깊은 정을 전해주려고
비탈길을 마다하지 않고 올라가노라!

누가 저곳에서

한 점 햇살도
아니 들어오는
음지에서도
새싹은 움튼다.

끈질긴 생명력으로
이슬 한 방울 내리지
않는 곳이지만
저 새싹은 끈질기게 자라난다.

햇빛을 향하여 줄기는
뻗고 또 뻗어서
찬란한 햇살을 받음에
기쁨의 눈물을 흘린다.

저 가냘픈 줄기에
가여운 열매가 맺혀
커 나간다.

그 가여운 열매는
비탈길 올라오느라
허기에 지친
나그네 배를 채워준다.

누가 저곳에서
새싹이 움틀 줄이야
생각하였겠는가?

누가 저 생명에서
가여운 열매가 맺혀
커서 허기에 지친
나그네 배를 채워줄 줄이야
생각하였겠는가?

누가 저들을

누가 저들을 정신병자라고
하여 저곳에 집어넣었는가?

저곳에 있는 이들이
다른 사람들과 좀
다른 행동과 말을 한다고
정신병자라고 몰아세우고
저곳에 집어넣어
인간다운 삶을 못 살고
저렇게 죽어가게 하는가?

밖에 있는 우리들은
진정 저들과 차이가 있나
우리들은 저들보다 나은 점이
무엇이 있기에 저들에게
욕을 하는가?

우리들은 밖에 있는

특권으로 서로를 시기하고
서로를 미워하여 다른
사람들에게 슬픔을 주고
다른 사람들 눈에
눈물 흘리게 하는데
저곳에 있는 저들은
아름다운 가슴으로
서로를 사랑하고 넓은
마음으로 세상을 사랑한다.

향기에 취하여

오솔길을 걷다가
단풍잎이 너무 예뻐
살며시 걸터앉아
가는 가을을 아쉬워하면서
내 가슴에 새긴다.

걸터앉은 것이
너무 포근하여
내 자신도 모르게
몸을 눕히고
나의 눈이 자동으로
깔린다.

거기에서 풍겨 나오는
향기에 취하여
나의 정신은 꿈나라로 가고
한줄기 바람이 불어와
예쁜 이불을 나의 몸에

살며시 덮어준다.

끊어질 것 같으면서도

끊어질 것 같으면서도
끊어지지 않고
슬프면서도
즐거운 너의 소리

그래서 너의 소리에 우리들은 울음이
터져 나올 것 같으면서도
울음이 터져 나오지 아니하고
즐거운 소리가 튀어나온다

우리들은 슬퍼할 것 같으면서도
슬퍼하지 아니하고
너의 소리에 춤을 춘다

내일 당장 삶을
때려치울 것 같으면서도
때려치우지 아니하고
계속 이어가는 우리들의 삶

울음으로 이 세상이
가득 차 있을 것 같으면서도
울음이 가득 차 있지 아니하고
웃음이 가득 차 있는 이 세상

우리들 삶과 너의 소리가 똑같구나!

이슬이 떨어지듯

어느 여름날의
아침 이슬이 떨어지듯
무참히 떨어져 버린 땀방울
핏방울 같은 땀방울이
땅바닥에 뒹구는데

저들은 나의 땀방울로 참기름을 만들어
기름진 쌀밥에 참기름 넣어서
먹건만 그것도 목구멍에
안 넘어가서 개 밥그릇에 던져버린다.

삶을 이어 살기 위하여
무말랭이가 말라버리듯
깨끗이 말라버린
나의 몸이여!

이젠
나는 아침 이슬이

되지 아니하고
영원히 떨어지지 않는
별이 되리라.

이미 깨져버린
나의 희망인가?

삶의 비극

졸음이 몰려오는
달콤한 시간이 되면
어김없이 향긋하게
나에게 너는 다가오지만
나는 그 시간이 되면
어김없이 그곳을 떠난다.

한나절 햇빛이 창에 비쳐
나의 눈을 부시게 하는
시간이 되면
어김없이 너의 목소리는
나의 귓전에 들리지만
나는 그 시간이 되면
어김없이 그곳을 떠난다.

나의 송아!

송아!
산천에 봄바람이 불어오는지
들녘에는 새싹들이 움트는지
너 산천에 뛰어갔다 오렴!
들녘에 달려갔다 오렴!

송아!
큰 길 건너 우리 논에는
모내기를 다하였는지
뒷동산 건너 우리 밭에는
콩을 다 심었는지

너 큰 길 건너 우리 논에
바람처럼 갔다 오렴!
뒷동산 건너 우리 밭에
새가 되어 날아갔다 오렴!

송아!

서쪽 하늘에 저녁노을이 얼마나 아름다운지
산비탈에 피어 있는 야생화는 얼마나 아름다운지
너 산마루에 올라가서 저녁노을이
얼마나 아름다운지 보고 오렴!
산비탈 길 올라가서 야생화가
얼마나 아름다운지 보고 오렴!

송아!
도로에 자동차들이 얼마나 자유롭게
달리고 있는지 철길에 기차는
얼마나 힘차게 뛰어가는지 도로에 가서
자동차들이 얼마나 자유롭게
달리고 있는지 보고 오렴!
철길에 가서 기차가
얼마나 힘차게 뛰어가는지 보고 오렴!

계절의 사이에 님

눈부시게 아름답던
모습은 모두 어디 갔는지
이제는 앙상한 님의 모습뿐이네.

님의 모습의 화려함은 지나갔고
눈꽃 핀 황혼의 아름다움은
아직 오지 않았네.

계절의 사이에서 초라한
모습을 드러낸 님이여!

젊고 아름다웠던 모습은
이제 잊자! 잊어버리자!

지금의 초라함들 두고 슬퍼하지 말고
이제 곧 오게 될
눈꽃 핀 님의 모습을
나의 마음속에 그려본다.

우리에겐 아직도
일궈 나가야 할
많은 날들이
있지 않은가!

빈손

이젠 안타까운
사랑을 안하리.

이젠 뜨거운
사랑을 하리.

찾아 헤매고 또 찾아 헤매어도
언제나 빈손으로 돌아오는
나 자신을 질책하지 아니하고
용기와 힘을 불어넣어 주리.

더 이상 난 자신을
부끄러워하지 아니하고
당당하게 나 자신을
자랑스럽게 생각하리.

다른 사람들이
나의 삶을 볼 때

만족스럽다는 생각보다
저렇게 삶을 살아서 무엇하리.

그러나 설사
그렇게 생각하더라도
내가 어찌 삶을
마감할 수 있으리.

밤새워 떨어진 사랑의 낙엽

아침에 일찍 일어나
밤새워 떨어진 사랑의 낙엽을
쓸어 모아 태웠다.

밤새워 떨어진 사랑을
태우며 님을 기다린다.

타닥타닥 비명을 지르면서
타는 낙엽을 보면서
내 가슴이 타는 것을 느낀다.

낙엽이 타는 향기로운 냄새는
곧 님의 입술이 타는 냄새고
님을 향한 나의 마음이 타는 냄새

밤새워 떨어진 사랑의 낙엽이여!
당신이 쓸어 모아 태우는
나의 신세는 어찌 말로써 다하리오.

탈수록 향기로운 냄새 풍기는 낙엽이여!
그 향기로운 내음 진해질수록
당신을 그리워하는
나의 마음은 더해만 가오.

한 줌 재로 변해버린 낙엽이여!
한줄기 바람 타고 님에게로
가서 나의 마음 전해주오.

오월의 서릿발

오월은 하늘 저 끝 한줄기 달빛에
앉아 천상의 목소리로 노래하여
저 아파하는 것들 마음을 쓰다듬어 주렴!

어느 산골의 맑은 물소리가 되어
오월의 괴로워하는
저들의 가슴을 씻어 주렴!

오월의 서릿발에
털 젖은 짐승들의 몸이 떤다.

찬란히 비쳐 오는
한줄기 햇살이 되어 서리를 말려 주렴!

비명 소리를 지르면서
떨어지는 꽃잎들은 진흙에서
죽어 갔지만 오월이 돌아오면
개망초들이 되어 함박웃음 지으면서

우리들을 반기리.

마른 나뭇가지에 이슬 한 방울이 맺혀
오월의 슬픈 이야기를
하는 것처럼 반짝이며
우리들 가슴속으로 떨어진다.

도시의 일곱 색 무지개

삭막한 도시의 숲 위로
한줄기 소나기가
오더니 일곱 색 무지개가
아름답게 떠오른다.

꿈을 잃어버린 도시의
사람들에게
꿈을 심어 주려고
저렇게 떠오르나 보다.

잡초 한 포기 나지 않는
아스팔트 벌판에
아름다운 꽃을 심어 주려고
저렇게 떠오르나 보다.

빨리 돌아가는 도시의
삶 속에서 정을 잊어버리고
메마른 가슴으로 살아가는

도시의 사람들에게
정을 심어 주려고
저렇게 떠오르나 보다.

사람들과 사람들의
끈을 이어 주기 위하여
삭막한 도시의 숲 위에
저렇게 떠오르나 보다.

가을 하늘을 마음껏

가을의 햇살이
나를 유혹해서 나는
툇마루 위에 앉아 햇살을
온몸으로 받는다.

따스한 느낌이
뼛속까지 스며들어
어느새 나는
꿈속을 헤맨다.

가을 햇살이 구름에
가릴 때 꿈에서 깨어나
높고 높은 하늘을 바라볼 때
철새들이 무리를 지어
가을 하늘을 마음껏
헤엄치고 있다.

밤하늘에서 떨어지는 것은

나의 꿈인가 나의 좌절인가
빠르게 떨어지는 것이 뭔지
몰라도 내일를 위해서
나는 두 손 모아 기도한다.

양농님 마음이 하늘로

가을 하늘 드높아 솔개는
제 마음껏 높이 높이
치솟아 가을을 노래하고
가을의 들녘에는 곡식이 풍요로워
새들이 높은 녹색 바다에서 춤을 춘다.

겨울을 준비하느라
구슬땀 식혀주는
산들바람이 불어주고
산천에 양농(良農)님들이
손,발이 더욱더 빨라진다.

가을의 산천에 붉은
청춘이 피어 있어 청춘들은 정신없이
가을 산천을 찾고 가을의 산천에 노란
청춘의 마음이 피어 있어 청춘들은 정신없이
가을 산천을 찾는다.

가을의 황금 물결이
춤추는 저기 저곳에는
양농님의 마음이 하늘로 떠오르고
저기 저곳에는 양농님의
땀이 햇살에 빛나 세상을 밝혀준다.

빨간 단풍잎

구슬픈 풀벌레 소리에
잠 못 이루어서 윗도리를 걸쳐 입고
밖으로 나가 눈을 감고 앉아
가을 고독을 느낀다.

소리 없이 스산한
바람이 불어 와
내 가슴에
빨간 단풍잎을 붙여놓고
바람은 어디로 가버린다.

내 가슴에 붙은
빨간 단풍잎이 너무 뜨거워서
내 정신은 몽롱해지고
구슬픈 풀벌레 소리도
이제는 들리지 않는다.

어머니의 신음소리

아침 이슬 밟으며
어머니는 나를 위하여
또 들녘에 나가신다.

아픈 몸을 무릅쓰고
이 자식을 위하여
나가신다.

어머니는 온종일 들녘에서
일하시다 이 자식 배고플세라
숨을 헐떡거리며
집에 오셔서 밥을 차려주신다.

주무시는 어머니의 신음소리가
내 귀에 들릴세라
어머니는 아픈 척도 안 하신다.

논두렁

햇살이 비쳐 오는
논두렁을 걸을 때
내 무릎에 와닿는
벼이삭들을 느낄 때
내 가슴은 벅차오른다.

한동안 논두렁을 걷다가
벼들을 바라보면
벼들은 아침 햇살을 받아
황금색으로 변해
내 마음은 풍요로와 진다.

한줄기 아침 바람에
벼들이 춤을 추면
내 몸도 춤을 추고
내 입에선 신바람 나는
노래가 절로 나온다.

벼들이 소곤소곤 나에게
속삭이면 나는
귀를 기울여 그 이야기를 듣는다.

어머니의 속옷

어머니 속옷
한 벌밖에 없어
아버지 헌 속옷
입으시고 빨래를 하신다.

내 가슴 아파서
형수님께 전화를 걸어서
어머니 속옷 사가지고
오라 하였다.

어머니 속옷 사가지고
오니 어머니는
나를 꾸중하신다.

어머니 새 속옷
아까워서 못 입으시고
또 아버지 헌 속옷
입으시고 빨래를 하신다.

기둥이 님 찾네

우리집의 기둥이가
님 그리워서 아침부터
울고 있고
그 울음은 온 동네를
슬픔에 잠기게 한다.

님 불러도 불러도
대답은 없어 우리집 기둥이는
더욱더 울부짖는다.

맛있는 쌀겨를 헛쳐서
쇠죽을 주어도 먹지 아니하고
님 찾아오라고 나를
머리로 밀어낸다.

밤은 깊어만 가는데
우리집 기둥이는
잠도 안자고

님 그리워서 울고 또 운다.

황금꽃

힘들어서 눈물 흘려봐라.
그 눈물은 후회 없는 나를 만들 것이다.

빨리 성취하려고 하지 말라.
모든 일에는 절차가 있는 법이라.

한 방울 땀을 아까워하지 말라.
한 방울 땀이 내 인생에 단비가 되리라.

인내심의 탑을 쌓아라.
세월이 흘러가면 위대한 탑이 되어 서 있으리라.

끈임없이 고뇌를 하여라.
고뇌 속에서 황금을 열매를 맺는다.

중간에 포기하지 말라.
끝까지 가면 황금꽃을 피울 것이다.

| 해설 |

'천지자연에 법칙 상생과 상극' 인 天道는 장애인 김준엽 시의 비극적 발원이다

박재홍 | 시인 · 《문학마당》 발행인

중국 전통적 우주생성론에서 말하는 天地自然(천지자연)은 그 구성의 기본이 氣(기)이고 그 운행에 따라 만물의 변화와 견주기도 한다. 결국 그 또한 생멸을 반복 지속하고 있는 것이다.

시의 운행 작용은 음과 양으로 나누고 일과 월, 명과 암, 상과 하, 수축과 팽창, 적극성과 소극성, 따스함과 시원함, 습기와 건조함 등 상대적이고 대립하는 속성을 통하여 서로 공생과 공멸을 자초하는 경우도 있다.

20여 년 전, 뇌성마비 시인 김준엽으로 알려졌을 때 쓴

「내 인생에 황혼이 들면」이라는 시가 윤동주와 정용철 또는 작자미상으로 알려져 떠돌고 있었고, 2013년 언론과 잡지에 이를 바로잡은 사실이 있다.

금번 시집도 그때처럼 대중적으로 읽히기 쉽고 접근성이 용이하게 '개인문체'에 가깝고 나아가 이중의 서정시, 서사시, 극시, 교훈시, 전원시 등에 관련된 하나에 해당하는 문체라 하더라도 표현 또는 인상에서 오는 간결체나 만연체, 우유체, 강건체, 건조체 또는 전원시를 연상할 수 있고, 상황은 격식체거나 비격식체, 공식체, 비공식체 문장의 형식은 서술문체, 명령문체, 청유문체, 감탄체에 가까울 것이다.

거센 세상이
너의 삶을 외면하여
슬픈 삶의 늪에 빠져
그때에도 어디선가
너를 위해 손을 내미는
손이 있음을 생각하라

죽도록 외로운 날에
소리쳐서 사람을 불러도
아무도 아니 와도

어디선가 누군가가
너의 이름을 불러 주는
사람이 있다는 것을 생각하라

슬픔이 너의 눈에
폭포가 되어 강이 흘러도
강둑에는 아름다운 꽃이 피어나
세상을 꾸민다고 생각하라

너의 감정에 사로잡혀
몸과 마음에 상처를 치료해줄 수 없어도
너의 감정을 감춰
상처를 입히지 않도록 하라
—「어디선가 너를 기억한다」 전문

위 시를 보면 "~생각하라, ~한다고 생각하라 ~않도록 하라"를 살피면 앞서 설명한 측면이 많이 드러난다. 덧붙이자면 언어의 종류를 보더라도 한글의 구어체, 문어체를 연상할 수 있고, 문자적 측면의 사용적 효용성을 보면 한글전용이나 국한문혼용이나 한문체를 떠올릴 수 있다.

김준엽 시인의 시에 드러난 언어적 패턴은 단순하지만

무릇 사람의 권리는 그 자유와 통의를 위한 것이라고 풀이하자면 그렇게 말할 수 있겠으나, 결국은 시인의 "스스로 운율과 서정성의 운행은 고요 속에서 스스로 형성되었다"라고 볼 때 시의 변화와 운행에 깊은 이해가 필요할 수도 있겠다.

세상이 모두 꿈꾸는 새벽에
소리 없이 내려앉아
새벽 알리는 은빛 비늘 터는
짧은 이슬로 살 수 있다면
난 행복에 겨워서 눈물 흘리리라

검디검은 하늘에서 내려와
生命의 푸른 목소리로 숨쉬는
저 넓은 풀밭 위에 머무를 수 있다면
난 흥에 겨워 세상이
감동할 노래를 부르리라

빛이 없는 땅에
이슬은 촉촉이 깔려 빛을 기다리다
그 이슬은 빛의 속으로 가면서
내일 새벽 올 희망을 말한다

빛에 매끄러운 입맞춤하면서
사라져가는 이슬이 될 수 있다면
난 기뻐하는 마음으로 춤을 추리라
—「저 이슬이 된다면」 전문

밤마다 활동보조의 도움을 받아야 운신을 하는 김준엽 시인의 현장성은 이원화되고 있다. "~한다면 ~하겠다"라는 연마다의 조건은 불가피한 행동적 제약에 따른 관습적 행태의 심리적 상황이 잘 드러난다. "동적일 수 있다면" "내가 만약 운동성 있게 가호를 받는다면, 짧지만 새벽 이슬이 되어 움직일 수 있다면" 그동안 현실적 절망에 느껴지지 않던 喜怒哀樂愛惡欲(희노애락애오욕)의 "행복의 눈물"을 보일 수 있겠다"라고 탄식하고 있다. 1연, 2연, 3연은 시인이 움직이지 못하고 전동휠체어를 쇠막대 하나로 조정하고 혀로 문자를 쓰는 현실은 신에게 거래를 하는 결국은 인간의 비원이다. 그것은 천지자연의 만물 속에 있는 사람일 뿐이다.

자유로이 들판을 뛰어 놀던
나에게 동장군이 찾아와
자유를 빼앗아 버리고
저 토굴 속으로 들어가라 하네

안 들어가려고 발버둥 쳐보지만
동장군의 거센 힘에 못 이겨
토굴 속으로 들어가고
토굴의 빗장은 굳게 잠기네

빛도 한 점도 안 들어오는 곳에서
죽은 것도 아니고
살아 있는 것도 아닌 채
님이 와서 동장군 몰아내고
굳게 잠긴 토굴의 빗장을
열 때까지 기다리리라

님이 언제 찾아
오실지 모르지만
두 손 모아 기도하면서
님을 기다리리라

—「다면(多眠)」 전문

신의 천형처럼 신체적 금제를 당한 김준엽 시인은 자유로운 들판에 뛰놀던 자신을 동장군을 만나 금제를 당했다고 생각하고 금제를 풀어줄 님을 기다리는 순박함과 희망 그리고 내면의 여린 詩心(시심)을 지니고 있다. 지극히 고요한 법칙은 음률과 역법으로도 헤아려 그것에 부

합할 수 없음을 알지 못하거나 천지간에 인식하여 세상의 일에 대처해야 하는 것에 대해 부질없이 놓아버린 것일지도 모른다.

하루의 일에
지쳐버린 육신을
싣고서 달리기 시작한
99번 버스의 유리창에
온몸을 기대어
밖을 쳐다보면
가로수들이 손을 흔들어
석양과 함께 사라져가는
작은 나를 축복해주네

오늘의 내가 멀어져
사라져도 내일도
어김없이 난 또 99번 버스를
타고서 너의 축복받으며
석양과 함께 멀어져 사라지겠지

계절이 변해 낙엽이
떨어져서 넌 알몸이 되어도
난 변함없이 99번 버스를 타겠지

눈물이 나는구나
넌 계절에 따라 변하는데
난 변함없이
99번 버스를 타고 너의
축복을 받으면서
멀리 사라져가야 하네
—「99번 버스」 전문

스스로 자연의 품속에 있어서 좋은데 삼라만상은 만물의 법에 맞게 저리 빛나는데 99번을 탈 수밖에 없는 시인의 삶의 유한성 그리고 신의 축복 속에 생성과 소멸을 하는 인간의 제한적 임계점을 인정하며 사라져야 하는 유한한 삶의 아쉬움이 곧 축복이라고 생각하는 시인의 마음에 발치 끝에는 깊은 그늘이 드리워져 있었다.

그대의 전화 기다려도 오지 않고
난 그대 목소리 듣고 싶어
더 이상 견디기 힘들어서
오늘 난 그대에게 수화기를 들어
한 버튼씩 누를 때마다
나의 손이 점점 떨려왔습니다.

그대 목소리 더 가까이 듣고 싶어

수화기를 귀에 바짝 대고
전화기 신호음이 떨어지고
누군가가 받는 그 짧은 시간이지만,
나에게는 무척이나 길고도
초조하게만 느껴졌고
드디어 신호음이 끝나고
수화기선 내 귀에 익었던
목소리가 들려왔습니다.
그 목소리는 그대였습니다.

그대의 목소리는 변함없이
맑고 밝은 목소리를 느낄 수 있어서
안도감보다 그리움만 더해갑니다.

내 마음속 깊은 곳에서 뛰쳐나오려는
한마디 한마디들은 참기 힘들었지만
그대가 듣기 싫은 말이기에
한마디도 못하고 말았습니다.

지금 난 후회하고 있지만.
—「신호음 소리」 전문

인연이란 특히 사랑이라는 것은 인간의 의지가 개입해

서 변화시킬 수 있는 것이 아니다. 김준엽 시인의 사랑은 그런면에서 보면 무모하고 저돌적이다. 스스로 시의 내재적 법칙과 힘에 의해 고요하게 여여하게 운행을 지속함으로써 그의 시는 사람들의 심금을 울리는 메아리가 된다.

음양은 스스로 밀어주거나 당기는 중에 변화와 사계의 운행이 깃들어 추억을 낳는다. 뿐만 아니라 상생과 상극의 자극을 넘어 화해와 평안으로 인도한다. 결국 자위적 주체가 없고 배타적 주체가 없어 제3자의 개입도 없어 일탈도 없다.

사랑은 김준엽 시인에게 스스로 생멸과 변화를 운행하게 하여 시라는 생명력 있는 열매로 태어나 사람들의 마음속 고요에 파란을 일으킨다.

밤의 고요함에 이끌려서
뜰에 나와 밤하늘을 바라보니
달빛이 어둠을 가로질러 흘러내려 와
용암처럼 굳어버린 내 가슴을 적시네.

그 빛에 젖은 내 가슴이 봄눈 녹듯 녹아
개울물이 되어 흐르고 그 개울물에
들녘을 뛰어놀던 양떼들이 목을 축이니

내 기분은 나는 새가 되네.

풀잎이 부르는 소리에
들녘에 나가 풀밭에 앉으니
어디선가 들려오는 풀피리 소리에
혼란했던 정신이 사라지고
내 정신에 백설 같은
목련꽃 한 송이가 피어나네.

그 꽃은 누가 찾아오지
아니하여도 외롭지 않을 겁니다.
저 풀피리가
항상 소리를 들려주니
외롭지 않을 겁니다.
—「풀피리」 전문

김준엽 시인의 시를 탐익해 들어갈수록 고요함이 묻어난다. 미동도 없이 누워 자연과 자유로운 동선 그리고 자신의 제한적 운동력이 빚어내는 의존적이고 삶의 뿌리인 죽음에 대해 적극적 이해를 하고 있다. 그 속에 신의 은혜와 자비에 대한 고마움 감사함이 드러난 작품이 위의 시이다.

피울 수 없는
인생을 꽃봉오리인줄 알면서도
미련을 버리지 못하고
새벽이슬 받아서 뿌려주었건만,
피울 기색도 아니 하네.

거름 질 안 하여
못 피는가 싶어 험한 산에 올라가
통통히 살찐 잡초 한 짐 져가지고 와서
100일 동안 띠우고 100일 동안 말려
그 꽃봉오리에 거름 질 다하였건만,
피울 기색도 아니 하네.

나비 벌이 없어 못 피는가 싶어서
머나먼 여행에 나비 벌 잡아 와서
그 옆에 두었건만 피울 기색도 아니 하네.

끝내 나를 저버리고
흙바닥에 힘없이
떨어져서 나뒹구네.
—「피지 못하는 인생의 비애」 전문

사람의 생명이 음부경에 말하는 氣(기)가 모인 것 이듯이 모이는 생명이 흩어지면 죽는 것이다. 그러므로 천하는 하나의 氣(기)로 통할 수밖에 없다는 명제 앞에 서 있을 수밖에 없다. 김준엽 시인의 절규가 바로 그 벽 앞에서 터지는 모멘텀이 되는 것이다.

오늘 우연히
한 사람을 만났습니다.
그 사람은 못난 얼굴이고
볼품없는 몸이었습니다.

그러나 그 사람이
나의 눈에는
그 무엇이 보이기에
나보다 커 보일까요?

오늘 우연히
한 사람을 만났습니다.

그 사람은 말을 못하고
눈조차 보이지 않습니다.

그러나 그 사람이
나의 느낌에는

그 무엇이 있기에 나보다
세상을 아름답게 살아간다는
느낌이 들까요?
—「한 사람을 만났습니다」 전문

인간의 욕망이 저지르는 가장 큰 고통 중에 풍요로움이 있다. 위 시는 그리스 신화의 미더스왕에게 임한 디오니소스의 저주처럼 느껴졌다. 김준엽 시인은 어쩌면 아름다움에 대한 심미안으로 인한 저주를 받고 있는지도 모른다.

다시 미더스왕은 디오니소스의 선심으로 인하여 팍톨로스 강물에 몸을 씻을 때까지의 저주는 장애인 시인의 천형이 드러나는 탐미는 결국 스스로의 객관성을 잃을지도 모르는 되물음을 갖게 하였다.

황금색 옷을 입고 춤을 추던
님은 어디로 갔는지
모습 찾아볼 길 없고
들녘에 나 홀로 쓸쓸히 서 있다.

어머니의 입김 같은 바람은 어디로 가서 부는지
모습 찾아볼 길 없고 찬바람에 썩어 빠진

나의 밀짚모자가 날아갈세라
두 손으로 꼭 잡고 찬바람을 온몸으로 막는다.

그동안 밤에 내 마음 달래주고
친구하여 주던 하늘에 별들도
구름에 가려서 그 모습
찾아볼 길 없고 찬비만 온다.

찬비에 젖어 나의 몸은
싸늘히 식어 가고
나의 몸은 무거움에 못 이겨
논바닥에 쓰러진다.
—「밀짚모자 날아갈새라」 전문

허수아비 화려하게 춤추던 벌판에 어느날 홀로 서 있는 시인은 인연설에 관한 설핏한 기대는 가난이 막고 있고, 방에 누워 봉창을 열고 보던 달, 별, 새들은 오간데가 없고 찬비만 나리는데 낮에 본 허수아비가 자신인양 넘어지는 절망 속에서 시인은 그저 무심하게 이루어지는 천지 자연의 필연적 법칙에 순응하고 만다.

아침 이슬 밟으며
어머니는 나를 위하여

또 들녘에 나가신다.

아픈 몸을 무릅쓰고
이 자식을 위하여
나가신다.

어머니는 온종일 들녘에서
일하시다 이 자식 배고플세라
숨을 헐떡거리며
집에 오셔서 밥을 차려주신다.

주무시는 어머니의 신음소리가
내 귀에 들릴세라
어머니는 아픈 척도 안 하신다.
—「어머니의 신음소리」 전문

어머니는 천지자연이다. 사사로운 은혜를 베풂이 없지만 만물은 모두 어머니의 은혜를 입는다. 김준엽 시인의 시선은 거기에 머물러 있다. 또한 끝도 어머니요 시작도 어머니임이 분명하다.

김준엽 시인의 시(詩)농사를 보면 남는 장사인 것 같다. 지극한 즐거움이 그곳에 있고, 본래의 시인의 심성이

착하여 빠른 우레와 매운 바람의 신산이 깃든 세상에서 잘 견디어 가고 지극한 즐거움이 마음에 본성으로 남으니 고요함은 티없이 깨끗한 詩心(시심)을 지니게 되니 결국 만물을 제어하는 氣(기)는 시인의 특권이 아닐 수 없다.

또다시 김준엽 시인의 해설을 쓸 수 있어서 즐거웠다. 앞으로 그가 가는 길이 이득 되는 시농사가 되길 바란다.

2018 장애인 창작집 발간지원 사업 선정 작품집

마음의 눈으로

1쇄 발행일 | 2018년 12월 31일

지은이 | 김준엽
펴낸이 | 정화숙
펴낸곳 | 개미

출판등록 | 제313－2001－61호 1992. 2. 18
주소 | (04175) 서울시 마포구 마포대로 12, B-108호(마포동, 한신빌딩)
전화 | (02)704－2546
팩스 | (02)714－2365
E-mail | lily12140@hanmail.net

ISBN 979－11－965679－0－3 03810

값 10,000원

주최 | 대한민국 장애인 창작집필실
주관 | 장애인인식개선오늘(고유번호 305-80-25363. 대표 박재홍)
심사 | 발간지원 사업 심사위원회
후원 | 대전광역시, 대전문화재단, 갤러리예향좋은친구들, 문학마당, 한국장애인문화네트워크, 드림장애인인권센터, (사)한국복제전송저작권협회, (주)삼진정밀, 대전광역시버스사업운송조합, (주)맥키스컴퍼니, 대전청소년위캔센터, 주성테크, (주)파츠너

문의 | **(042)826-6042**